오상五常

지혜사랑 266

오상五常

홍영택

지혜

序文

동분서주하다가 정년 퇴임 후, 학문에 묘미를 알게 되었다.

급변하는 시대에 온고이지신溫故而知新으로 되돌아보고, 고전적 인문학에서 교훈이 되는 문언을 배우며, 평범한 이야기를 쉽게 담아 보았다.

시집이 팔리지 않는다고 한다. 바빠서인지 난해해서인지 모른다.

그래서 쉽고 혼시적인 이야기 시를 써봤다.

문언에 의하면, 공자님은 시경 305편을 외웠다고 한다.

소자는 왜 시를 배우지 않느냐며 다음과 같은 말씀을 하셨다.

"시는 일으킬 수 있으며, 살필 수 있으며, 무리를 이룰 수 있으며, 원망할 수 있으며, 가까이는 어버이를 섬길 수 있으며, 멀리는 임금을 섬길 수 있으며, 새와 짐승과 풀과 나무의 이름에 대해서 많이 알 수 있다."

언어도 시적 언어가 전파력이 강하다고 한다.

모두가 바쁜데, 짧은 메시지가 대세다. "좋은 글을 좋아하면 좋은 이야기를 한다"는 생각으로 배운다. "세상에서 가장 죄 없는 일이 시 쓰는 일이고, 가장 죄 없는 사람이 시인"이라 한다. 아직 시가 무엇인지 모른다. 앞으로도 쉬운 메시지의 시를 써 보려고 한다.

바라건데, 바쁜 걸음 잠시 멈추고, 선현의 말씀에 귀 기울어 보며, 시가 일상에 자리 잡아 함께 하는 '시詩 공화국'을 소망한다. 항상 시와 함께하고 모두가 시인이 되는 시 마을을 염원한다. 미천한 첫 시집이나마 독자님의 질책을 바란다.

경주 토함산 아래서
저자 홍 영 택

차례

1부
인忍

2부
의義

3부
예禮

4부
지智

5부
신信

1부
인 찡

• 일러두기

페이지의 첫줄이 연과 연 사이의 띄어쓰기 줄에 해당할 경우 > 로
표시합니다.

학이종신

나는 책을 좋아하지 않는 사람을 미워한다,
나무 그늘아래서 고요히 책을 읽는 모습은
세상에서 가장 아름다운 모습

나는 책을 사랑하지 않는 사람을 싫어한다,
책장에서 가만히 책을 고르는 모습은
세상에서 가장 즐거운 마음

나는 책을 읽지 않는 사람을 혐오한다,
책 속에서 건져내는 타산지석은
세상에서 가장 진귀한 보석

살기 위해 배우고
배우기 위해 사는
학이종신學而終身

공부의 함의

넓게 배우고, 깊게 생각하기
다양하게 보고, 바르게 분별하기
죽기 위해 배운다.

하늘 아래
배우지 않는 생물은 없다,
일을 배우고 사랑을 배운다

공부는 지혜의 보고
철학은 본성의 회복

한 권의 독서
한 줄의 글쓰기
습관으로 길들이면

밝아오는 총명예지
다가오는 입신양명

자연의 도

볼 수 없고
들을 수 없고
만질 수도 없네

만물을 낳아 기르는
너는
태초 이전의 신神으로
만물을 탄생시키고
대대손손
호적등본이 되셨네

자연의 도
만물의 원소
유한일까? 무한일까?

일생을 누리지만
고마운 줄
잊었는지, 모르는지

천체의 운행
무위자연의
도

상식 上食

어머님은 밥을 드시지 않았다
숭늉에 말아 드려도 드시지 않았다
아침 식사는 드셨는데 점심밥은 안 드신다
눈물로 호소해도 드시지 않으신다

어머님은 눈을 감고
내 말도 듣지 않으셨다
그제야 샘물처럼 흘러내리는 눈물
내 잘못을 빌고 뉘우쳐 보아도
밥을 드시지 않으셨다

어머님이 수저를 드시지 않으니
나도 수저를 들 수 없다
밥맛이 달아나고 배가 고프지 않다
무슨 염치로 수저를 들까?

첫 상식을 올리고 통곡하던
불효자의 눈물

모이 쪼는 참새

아침 산책길에 참새 한 마리
모이를 쪼고 있다
콕콕 콕콕콕콕…
여린 부리로 모이를 쪼고 있다.

— 맛있니…
가까이 다가가 살며시 앉으며
말을 걸어보니

참새는
해코지 안 하는 줄
간파했던가
태연하게 모이를 쫓고 있다
— 콕콕 콕콕콕콕…
지척의 거리에서

고놈 참!
어느새 내 배가 불러온다.

은하수

보리밥에 질린 초가을 밤
파란 하늘에 팝콘이 뿌려졌네

정수리에 은하수가 가까이 오면
가을이 다가오는 조짐
하늘을 쳐다보니
하얀 쌀밥을 뿌려 놓은 듯
반짝이는 은하수

허기진 보리밥 한 그릇
구수한 환각
평상에 걸터앉은 다리가 흔들리고
강아지는 다리 쫓아 장난치네

그리웠던 거야
하얀 쌀밥
은하수

보릿고개

아침밥을 지으러 부엌으로 나간 어머니
쌀은 떨어진 지 오래
쌀 단지에는 보리쌀 한 줌
감자 고구마 다 떨어지고
부엌에는 달랑 땔감 나무 한 단

무엇으로 밥을 지어 저 어린것들 배를 채울까?
어머니 가슴은 아궁이처럼 까맣게 탔을 것이다,
이것저것 얼버무려 밥을 지어
새 문으로 들이 밀어주고는
— 엄마 밥 먹자
— 어, 나는 부엌에서 먹을게.

그날 밤,
어머니 배 속에서
'꼬르륵'거리는 소리 들었다,
곡기 없는 배 속의 울음소리라는 걸
한참을 지나서야 알았다,
견디며 버텨온 것 생각하면 뼈가 저린다
세상에서 무엇이 섧다 한들
배고픈 일보다 더 서러움이 있을까?

\>

어머님 제삿날
하얀 쌀밥에 피어오르는 수증기 속에
'꼬르륵!'거리는
환청 들리는 소리

황홀한 사랑

아침 운동을 하다가
한 쌍의 멧새가 사랑하는 걸 보았다.

정교한 부리로 입맞춤하더니
어느새 암놈 등에 올라탄 새
전신에 전율을 파르르 떠는데
세상도 잠깐 숨을 멈추었으리라
양 날개로 부채춤을 춘다,
황홀한 저 사랑에는
우주도 잠깐 숨을 죽였으리라

둥지엔 새알 하나
모이 물고 오는 어미 새
모이 기다리는 새 새끼
생명 하나 탄생으로
세상 바빠졌네
조잘대는 새 새끼
저 부리 좀 봐!
황홀한 사랑의 꽃

물음(?)

텃밭을 일구다가 기진맥진한 나에게
이웃 아주머니가 물었다,
— 뭘 그리 악착같이 하능기요?
— 당신은 그것만 물어보나 내가
얼마나 열심히 운동했는지는 묻지 않고

만학에 휴일이 없는 나에게
친구들이 물었다,
— 지금 공부해서 뭐하노, 공부가 되나?
— 너희들은 그것만 물어보나, 내가
얼마나 수행이 되어 천리天理를 깨달았는지는 묻지 않고

사랑의 봉사 활동에 여념이 없는 나에게
아내가 물었다,
— 집안일은 걱정도 안돼능기요?
— 자기는 그것만 물어보나 내가
얼마나 남의 사랑이 그리웠는지는 묻지 않고

학습

부부 싸움이 잦은 어느 집에
선비가 처방을 내렸다,
"방에 인忍자 무늬의 벽지로 도배하라"

부부는 눈만 뜨면 '忍'자 공부
마음이 발동하지 못하게
칼날로 마음을 지그시 누르는
분노조절의 백신
인忍

참고 또 참고…
비로소 마음에 도배된 부부
그럭저럭 백년해로
한 세상 누렸다네

모든 행실의 근본은 참는 것이 으뜸일세
극기복례 위인爲忍

수의의 눈물

어머님은 윤달에 아들 몰래 수의를 장만하셨다,
그것을 안 뒤 무섭고, 서운하고, 궁금했다
보자 할 수도 없고, 어느 장롱에 있는지도 몰라
더 궁금했다.

고향을 떠나 이사하던 날
이웃 송전댁이 수의를 입고 떠나면 좋다며
꺼내 입혀 주셨다

아들에게 짐이 되지 않으려고
장만하신 수의
영면의 수의 입혀드릴 때

그 수의에 피보다 진한
불효자의 눈물
몇 방울

김밥

"김밥 두 줄 주소"

악다구니 세상살이
다 내려놓고
아침 등산길에
김밥 두 줄 싸 들고
가쁜 숨 몰아쉬며
하늘 높이 올랐다.

정상에 올라
허기 달래주는 김밥
산해진미
야호!

세상이 동그래졌다.

요강

대청소하던 어느 날
낯익은 스테인 요강에 눈이 멈췄다.

치매로 배설을 잊으신 어머니
동냥하듯 따라다니던 요강
유물로 남기려고 다락 깊이 모셨다.
세월에 잊혀버린 그 요강
어머니와 실랑이 하던 요강이다

태초에 자란 보금자리
무엇이 더러워
짜증을 부렸든가?
자식의 배설물은 기쁘고
부모의 배설물은 더러운가?
배설물이 없다는 건
죽음의 세계라는 걸
왜 몰랐을까?

반짝반짝 닦고 보니
어렴풋이 비치는
어머니 모습

태양신 太陽神

떠오르는 태양신에게
주술을 담아 3배 기도한다
부끄러움 없는 하루를 맹세하니
하늘에 대한 경외심이 일어난다

내 행적을 그림자처럼 따르며
해바라기처럼 웃는 수행비서
자비로운 미소를 짓지만
매를 들고 따라 다닌다

레이저를 통한
무언의 음파 신호로
천리 天理를 가르치는데
하늘 무서운 줄 모른다

어기면
빌 곳 없는
태양신

부모님의 매

돌아가신 부모님의 매가 무서워
형제간에 우애 있게 살아가려고
다짐하고 노력하며 살아갑니다.

엄하셨던 부모님의 사랑의 매는
철모르던 우리들의 교훈이 되어
오손도손 이해하며 살아갑니다.

훗날
부모님 뵈올 때
매 맞지 않으려고

산정의 욕망

세상을 뒤흔드는 절규의 매미 소리
한번 하고 싶어 저리 야단들이다.
애라 어차피 텅 빌 허물
몸 보시나 하고 가지

날개 스텝을 밟는 한 쌍의 나비에겐
턱시도를 달아주고 싶고
작열하는 햇빛에 눈이 부신 잠자리에겐
선글라스를 끼워주고 싶고
무딘 가죽에 빨대를 꽂고 덤비는 모기에겐
붓 대롱을 주고 싶고
부산을 떨고 다니는 개미에겐
허리띠를 채워주고 싶고
혀를 날름거리며 독을 가진 뱀에게는
마스크를 씌워 주고 싶다.
나는 독자의 영혼을 어루만질
시 한 편 붙들고 저 동해의
보름달처럼 시구가 떠오르길
전전긍긍

아! 세월이 가면
허전한 가을 해수욕장처럼

아옹다옹 살다 가는
쓸쓸한 토함산정이여

~않으면

하루라도 풀을 뽑지 않으면
잡초가 돋아나고

하루라도 글을 읽지 않으면
눈이 흐리하고

하루라도 글을 쓰지 않으면
손이 뻐근하고

하루라도 일을 하지 않으면
온몸이 굳어진다.

잡초는 뽑아야 작물을 얻고
심신은 닦아야 도심을 얻고
사랑은 펼쳐야 평화를 얻는다

신뢰

목련꽃 떨어지듯
뚝!
떨어진 자리
볼썽사납다

모진 고통 참아가며
꽃 피웠지만
잃어버리는 건
한순간이다

모래성 쌓아 올리듯
어렵게 쌓은 신뢰
자칫
한순간에 무너진다

신뢰는 모래성

삶이란

죽음보다 두려운 삶이었다
무無자 하나 짊어지고
발바닥으로 세상을 연주하네

세상 물정 모르고
생존에 허덕이며
채우는데 바쁘네

어디서 와서 어디로 가는지
누군지도 모르네
인연의 운명으로 허공에 수 놓은 삶
뜨고 지는 해를 보고
밥 먹고 일하는 것이 삶이라고 생각하네
바라는 것 못 이루어 괴로워하고
손해 본 것 억울해 아파하네

오늘도
나의 애처로운 발걸음은
너의 거센 파랑 속에
녹아드는데

각성

공자 갈아 사대
'배우고 익히니 또한
즐겁지 아니 한가,'

퇴임 후
만학에 몰입하고는
인생의 보람을 느끼네

아는 것이
이렇게 즐거운 줄
이처럼 뿌듯한 줄
이만큼 소중한 줄

공자님은
이미 간파하셨네

나를 깨우치는 새

처마 밑에 튼 새 둥지
수세식 화장실은 없어
청소는 내가 할게

새 알을 깨고는
내외의 사냥에 일사불란
가만히 지켜보니
나를 되돌아보게 하네

자식을 양육하는
저! 지혜
저! 근면
저! 성실

재 넘어 오일장을 오가든
어머니 모습

한 상 걸쭉하게 차려 보렴!
축하해

하안거

산나물 하러 가는 길에
작은 독사 한 마리 발견
움찔했더니
획 돌아서 공격 자세 취한다
가만히 있으니, 돌아가다가
내가 움직이니
다시 돌아서 공격 자세
"꼼짝 마!
내가 사라질 때까지"

보자 하니 가찮지만
머리털 선다

부처님 지나가셨다

한숨짓지 마

힘들다고 한숨짓지 마
복이 도망가
어려운 일이 세상살이야
쉽고 편하게 사는 것보다
어렵고 힘들게 사는 거야
나도 죽고 싶을 때가
한두 번이 아니었어,
'인생사 새옹지마'라지
음양 변화의 법칙은 틀림이 없어
흉凶 속에 길吉이 있고
화禍 속에 복福이 있지
고통 없는 결실은 없는 법

산다는 건
음양배합의 조화야
이걸 깨닫는데 반 백년 걸렸어

자! 어깨를 펴고
숨을 크게 마시자
그리고 다시
시작하는 거야

천명

천명은 진리다
따르면 이루고
어기면 망한다

천명은 사명이다
순명順命은 따르고
숙명宿命을 받아들이고
운명運命을 사랑하라

내가 누리는 복도
들인 공보다 크면
갚아야 할 빚이다
사필귀정하고
사불범정 한다

어기면 빌 곳 없는
천명

저승준비

먼 훗날
부모님에게 드릴 말

— 아이들은 바로 살도록 해 두었나?
— 형제간에 우애 있게 지냈나?
— 남에게 상처 주진 않았나?
— 매사에 사심 없이 살았나?
— 세상에 진 빚 다 갚았나?
이런 질문들에

"예"
라고 드릴 말

2부
의 義

배움이란

어려서는 스승과 벗하고
커서는 벗과 벗하고
늙어서는 책과 벗하라.

공부하는 이유
두뇌발달을 위해서고
끈기와 열정 인내를 배우고
자신의 신뢰성을 얻기 위함이다.

공부는 나를 닦아
남을 착하게 치료하는 백신
아름다운 세상을 꾸미는 파라다이스

배움이란
세상이 필요해서
세상을 이롭게 하는
물

나의 좌우명

젊은 시절 나의 좌우명은
'젊을 때 고생은 돈 주고 사서도 한다.'였다.
어디를 뛸지 모르는 메뚜기처럼
좌우명의 날개를 달고
온 들녘을 쏘다녔다.
몸을 담보로 고생을 대출받아
어렵고 힘든 일 보람 삼아 누렸다

세상을 한 바퀴 돌고 나서
텃밭 가꾸며 공부한다
이룬 건 없지만
지금은 화양연화

고생을 담보로 투자한 나의 좌우명
역경 속 만고풍상을 이겨 낸
내 인생의 보람
고진감래
지금 가장 부자랍니다

사주팔자

생년월일의 연월일시가 사주四柱
사주의 간지干支는 팔자八字

'Amor Fati'
그때가 운명이라면
따라야 한다.

세파에 모진 풍파
인파에 모든 갈등
사주팔자로 돌리면은

잘 되어도 내 탓
못 되어도 내 탓
조상 탓 아니하고
남의 탓 아니한다

어렵고 힘들 때 어머님은
"다 니 사주다"
하던 위안의 말

만고풍상을
사주팔자로

책

책은 감정이 없으면서
내게 감동을 준다
책은 말이 없으면서
내게 이야기한다
책은 선생이 아니면서
내게 가르친다
책이
나를
만들었다

책은
나를
화나지 않게 하고
병나지 않게 한다

내 마음 기쁘려고
내 마음 편안하려고
내 마음 어루만지려고
책갈피 넘긴다

책을 좋아하는 사람은
사랑을 아는 사람

＞

헌책은 옛 애인

새 책은 새 애인

계산서

양혜왕이 맹자에게 계산서를 내밀자
맹자는 다른 계산서를 요구하며 거절했다,
국왕도 계산서 타령이니
나 같은 범부들이야 말해 무엇하랴
세상은 계산서의 저울질이다

사막처럼 메마른 사욕의 갈증
누군들 이 거래를 거절할 수 있을까?
손익의 저울질은 대대손손 이어지고

눈뜨면 덤벼드는 손익 계산서
악다구니 바구니에 채우고
세상을 잣대질하는 나는

오늘도 계산서 하나 달랑 들고
새벽 상거래를 나서는
장사꾼

무자기 毋自欺

고양이가 배를 채우려고
살금살금 자기를 속인다,
호랑이가 배워서 따라 한다.

두 다리에서 배웠다 한다,
무無다리 뱀이 배웠다 한다,

모두가 배웠다고 오리발을 내민다,
발뺌하다가 스스로 속고 마는
귀신같은 전염병

아부인가? 아양인가?

기만

얼마쯤 믿어야 하나?
진위와 시비들이 시소를 탄다
유유자적 미사여구로 키 재기를 한다

속고, 속이는 건 마술의 유혹이요
흑백의 논리는 회색의 조작이다
진위의 무대 귀신도 헷갈린다
검은 속 아무도 모른다

김추자는 노래했네
'거짓말이야'라고
신신애는 노래했네
'짜가'라고

자! 오늘도
아무도 속이지 말고
아무에게도 속지 마라

제삿날

조상 제삿날
호주가 C씨 형제는
아내의 눈을 피해
읍내 주점에서 곤드레만드레

만취한 형제들
서로 어깨동무하고
고개 넘어오면서
부르는 노래
"그리운 내 형제여"

제사 차리던
동서들
"졌다"

제사상 받으러 온 조상님
"됐어"

사랑

해 저무는데
걸인 내외가
빵 한 조각을 나눠 먹고 있다
아기에게 젖을 물린 아내에게
― 이거 한 번 더 비어 먹어
젖이 모자랄지 모르니
― 아니오, 당신이나 더…

빵 한 쪽도 사랑의 힘이 아니랴

비로소
눈물의 빵을 삼키는
그들의 마음에
동그란 달이 솟았다,

사랑이 조용히 밝아간다

눈치

아내와 평상에 앉아 밥을 먹는데
정원에 새들이 포도를 따 먹네
참 가관이네

한 알, 두 알 눈치 보며 따 가드니
이제는 내외가 함께 오네

— 자기 맛있지…
포도알 따서
아내 입에 쏙 넣어주는
저 능청맞은 놈 보소
나도 안 해본 짓을

이제는 아내가 내 눈치를 살피네

감나무 회사

감나무밭에 잡초를 제거했다.

金 칠덩굴, 朴 망촛대, 李 복분자⋯
강성 노조가 둘러 시위를 했다,
감나무 팔을 비틀고 단체협상을 벌였다,
임금, 복지, 근무조건, 작업환경⋯
주객이 바뀌려는 찰라

낫을 들고 노조원을 제거했다,
비로소 감나무는 햇빛을 받아
붉고 굵은 상품을 생산했다,
갈등은 상극 화합은 상생
올해는 주주 총회를 열어
주주에게 배당을 늘릴 것이다
잡초는 제거해야 작물을 얻는다

내년에도
또 그 후년에도

아쉬운 친구

정원에 참새가 놀러 왔다.

네 살짜리 손녀가 가만히 보더니
— 참새야 나하고 놀자
— 어! 나 바빠, 까불까불
참새는 폴 날아가고
손녀는 아쉬움에 안절부절
긴 한숨을 쉰다.

한참을 바라보던 할아버지
'오늘은 우리 도은이가 시인이야'

귀여운 참새
친구가 아쉬웠던 거야

어떤 유언

오늘도 할머니는 유모차로 밭에 나오셨다,
천 평의 밭에는 갖가지 농작물이 자라고 있다
'이 땅을 좋이하고 바꾸지 말라'는
시어른의 유언을 지키신다
십억의 재산이면 편안히 살 수 있으련만

그 할아버지 유언, 국보급이다
평생 이룬 보람
당부하고 싶은 유언
잘 지키시는 할머니
오래오래 가지시길

내가 집으로 돌아가면
이 이야기를 들려주어야겠다고 마음 깊이 벼렸다,
이런 유언이
망자에 대한 효도가 아닐까?

내가 남길 유언을 떠올려 본다

고요한 영면

산골 깊숙이 자리한 쌍 봉분
육탈을 마치고 회한의 깊은숨을 쉰다.

바람 소리 이웃 삼고
물소리 염불 삼고
새소리 노래 삼아
소일거리 챙겼으니
갈등은 없으리니

성묘는 바란 적 없고
기다리지도 않았다
전생의 만고풍상을 노래하며
무위자연을 영위하리니

아무도 찾아오지 않는
족보 없는 쌍 봉분
누굴 위한 희생이었을까

병동에서

병동에서 창밖을 내다본다
일터를 향하는 분주한 발걸음들
그 속에 나의 회사 통근버스를 보다가
순간!
눈시울이 흐려졌다,
'나도 저 버스를 타고 출근할 수 있을까?'

강에는 한가로이 유영하는 물고기,
숲에는 아름다운 목소리로 노래 부르는 새들
각기 살아가는 당위를 즐기는데

사선을 넘고 나니
세상에 가장 부러운 것이
무엇인지 알 것 같아
죽는 날까지
지켜야 할

내
자리

거름

낙엽이 온몸으로 나뒹구는 건
그가 거름이 될 자리를 찾는 거야
한 생의 만고풍상을 겪은 회한이 남아
거름이 되고 싶은지도 몰라

비바람 몰아치는 폭풍
작열하는 햇살
외로운 별
기생충
비굴하지 않고
살아온 것이 원통해서
무엇을 찾는지도 몰라

이 몸이 멸하여
거름이 될 곳은
어디에

홀로서기

삼라만상은
홀로 와서 홀로 간다
의지할 곳 없는 야속한 세상
스스로 숨 쉬어야 한다

세상 만물이 그러하지 않든가
홀로 태어나서
홀로 살다가
홀로 가는

홀로서기는 필수의 학습
먹어야 하기에 일해야 하고
알아야 하기에 배워야 하고
살아야 하기에 싸워야 한다

내가 나를 믿을 수 없듯이
세상에 믿을 사람 아무 놈도 없다.

의지하던 것과 작별할 수 있어야 성장한다
어떠한 어미 새도 새끼의 날개를 묶어두지 않는다
새끼 새는 결국 혼자 날아가야 한다

이것이 홀로서기를 해야 하는 이유다

역풍

타작이 끝나면
어머니는 풍향을 살피셨다.

쭉정이 알갱이를
살랑살랑 순풍에서 선별했다.

가끔
역풍이 불어와
까끄라기를 뒤집어쓴다.

순풍이 지랄 떨면
역풍 맞는다.

호밋자루

호밋자루를 보면 어머님이 생각난다
보리밥 한 술에 소주 한 잔 마시고
호밋자루 들고 밭에 가신 어머니
오뉴월 뙤약볕에 성긴 땀띠
삼배 적삼으로 가리고는
비탈 밭이랑에 늘어진 긴 한숨
잡초 속에 녹아 시들어지네

땀방울에 녹슨 호밋자루
호밋자루에 새긴 어머님의 시詩를
살며시 울타리에 걸어 두었더니
늦게 뜬 달님이 시를 읽고는
문틈으로 살며시 들여다보네
별들도 살며시 들여다보네

꼬부라진 호밋자루를 보면
어머님이 떠오르는 건
내 허리가 구부러진 탓일까?

부질없는 것들이

도토리 키재기
우물 안 개구리들

불붙으면 끝장이다
부귀, 명예, 권력…
무슨 소용인가?
간절히 애태운들
불을 지피면 그만이다
집착하는 무엇들
부질없는 것들이

기고만장, 안하무인, 오만방자…

시나브로
한
줌의
재

인연

새벽 산책길에 매일 만나는 새가 있다.
매일 노래를 한다
나도 따라 노래한다
새가 선창하면 내가 따라 한다
매일 반복하다 보니 서로 낯설지 않다
이제, 지척의 거리에서
서로 소리를 흉내 내는 데 익숙해졌다.

무슨 말을 전하는 것 같은데!
'미안하다'
나는 너의 목소리처럼 아름답지 못하고
또한, 너의 말을 알아듣지 못해서
돌아오는 길은 늘 발걸음이 무겁다.
무슨 사연으로 매일같이…
아! 어쩌면 좋아 너와 나의
이 인연을

세상에 이런 일이

우린 언제 어디서 무엇으로
다시 만나랴.

충견

개는 주인에게 충성을 다한다,
주인이 잘못해도 직언을 안 한다,
밥만 주면 평생 비서다.

낯선 사람은 사생 결단이다
때론 무리로 덤벼든다
개는 개일 뿐
개과천선하지 않는다.
밥그릇 챙겨주는 주인에게
똥을 치우게 한다

교언영색으로 아양을 떤다
자신의 향기를 전봇대에 뿌려보지만
한번 꼬리를 내리면 충견

별것 아닌 것들이

욕심欲心·慾心

한자에 마음 심心 자의 여부에
뜻이 냉·온탕을 오가는 단어가 있다.

마음心이 없으면 좋은 욕심欲心
일이나 공부 같은 열심히 노력하는 긍정적이고
마음心이 있으면 나쁜 욕심慾心
탐욕, 허욕 같은 부정적 의미다

마음心 字가
냉·온탕 다리를 놓는다
콩나물처럼 솟아나는 탐욕들
마음의 씨앗이다
망상은 마음에서 발동하고
마음이 발동하면 다친다

욕欲과 욕慾!
지옥과 천당은
마음心의 몫

아름다운 동행

눈에 콩깍지가 끼었던 인연
헌 신발짝 버리듯 한다
각박한 무서운 세상이다.

부부란
만세기의 업보로 탄생한다
30억 명 중의 선택이다.

함께하는 인연은 아름답다,
애완견, 이웃, 친구, 친척, 가족…
시대적 인연이라 더욱 고귀한

혈육이 이어지면
저승까지 챙겨야 할 동반자
아름다운 동행

뱀 사랑

백주에 처마 아래서
신방 차린 구렁이 한 쌍
아무리 내쫓아도 꿈적 않는다

머리털이 고슴도치가 되어
고함을 질러도 소용없다
사랑하는 줄 몰랐다

내보내려고 바지랑대 들었다
몇 번의 성가심으로
꿈틀거리고는
경부선 새마을 열차처럼
성기에 이끌려 밖으로 나갔다.

정력!
개처럼
희한한 꼴 보았네.

3부
예禮

애국자의 문

공부는 애국의 입문
퇴계 도산서원을 둘러보니
배워야 애국자가 된다.

친구는 어느 날 느닷없이
'한산섬 달 밝은 밤에 수루에…'
무슨 잠꼬대 같은 소리냐
그는 최근 주경야독으로
보기 드문 만학도다

역사가 보여주듯
烈士, 義士, 志士, 鬪士…
진정한 애국자는 선비였다,
국가와 민족을 위한 목숨은
기러기 털처럼 가볍게 여기셨다.

배움은 애국의 으뜸

추억의 교통

오라이! 스톱!
차장 아가씨의 명령에
버스는 달린다

완행버스가 지나가면
뭉게구름 일어나고
직행 버스가 지나가면
먼지 폭풍이 일어나던 비포장도로
콩나물시루 같은 버스
태우고 또 태우던 차장 아가씨
할머니의 짐보따리 운임 시비가 소란했다.

포항발 부산행 버스
충무동 터미널에 도착하면
하얀 장갑에 담배 한 갑
기사 운전석에 올려놓고
숙소로 들어가는
차장 아가씨

'오늘도 무사히'

쓸데없는

가는 귀가 어두우니
웬만한 말은 못 알아듣는다
늘 알아들은 척 동문서답이다
서로 우기고 열변을 해도
신경 쓸 일이 없다

쓸데없는 언행
하루를 모아보면
대부분 무용지물

쓸데없는 것들이
쓸데없는 말들로
쓸데없는 낭비를 한다

오늘도 시비의 가방을 들고
껍데기 사냥을 나서는
방랑자

우리 집 이산가족

어릴 적, 우리 집은 동물 농장이었다
소, 개, 닭, 토끼들이 전세 들어 살았다
치다꺼리하다 보면 쉴 틈이 없다

호롱불 아래 심지를 돋우고 공부할 때
전 가족의 보초병 초병 바둑이
외양간엔 되새김하며 몸살 앓는 소
닭장엔 병아리 챙기는 꼬꼬 닭 소리
토끼장엔 잠자리 찾아 깡충거리는 토끼
심심찮게 오손도손 밤이 저물던
복실이, 얼룩이, 꼬댁이, 깡충이

아!
지금도 사무치게 그리운
우리 집 이산가족

진달래꽃 사랑

진달래꽃 피는 봄날
보~ 보~
춘풍에 실려 재 넘어온 기적 소리에
내 꿈을 실었다

냇가에 선이 빨랫방망이 소리에
나의 미래를 얹었다,
진달래 새순이 터질 무렵
춘심도 붉게 물 들은
보드라운 선이 손바닥에
내 생을 걸어 보았다

초승달 비친 낙엽송 나무 아래
나란히 둘이 앉아
무슨 이야기에 가끔
머리카락의 다이알 비누 향기
눈썹에 비친 초승 달빛
엄한 아버지 사립문 닫기 전에
가야 한다며, 일어나지 않던
참아 '사랑한다' 망설이던 우리는
말없이 무거운 발걸음을

\>
아!
그 시절 초승 달빛
다이알 비누 향기

플라토닉 사랑

홀로 하는 사랑이 아름답다,
어차피 상대를 모르기에
홀로 사랑하는 거다

이루지 못한 사랑
이루어질 수 없는 사랑
이루어진 사랑
홀로 사랑해야 한다

사랑은 구속이 아닌 해방
자유로워야 사랑할 수 있다
유치환 선생의 '행복' 같은
애잔한 호기심

홀로 하는 사랑
황홀한 열병
풋사랑의 설렘처럼
아름다운
플나토닉 사랑

뽕나무 평전

누에고치 실 뽑아 비단옷 만들려고
호롱불 켜놓고 밤새도록 물레 돌려
아들딸 결혼식장 웃음 가득 지니시던
울 엄마는 어딜 가고 아들깨* 주렁주렁

우리 엄마 치맛자락 뽕나무에 걸렸었네
허기진 보릿고개 아들깨로 배 채우고
뽕잎 따서 돌아오면 누에 길러 잠재우고
뽕 보따리 이고 오던 허리 굽은 어머니는
비단옷 입혀 누나 시집 보낸다고 좋아했지?

아들깨 따 먹은 검붉은 혓바닥은
뽕나무 뿌리 속에 번데기 되어서도
폐백실 술잔 아래 펄럭이던 사랑가여

* 오디의 경상도 방언

장리長利 쌀*

남의 논 농사짓고
여름 내내 땀 흘리니
양식 떨어진 여름철은
장마처럼 지루하네

가을 추수 거두어서
장리長利 빚 갚아주고
묘제 차려 주고 나면
겨울 추위 지겨워라

장리 쌀 이자산출
채권자 마음대로
고리高利이자 청구해도
참지 못한 배고픔에

이놈의 가난뱅이
언제쯤 벗어날꼬?

* 부잣집 곡식을 꾸어 고리로 갚는 제도. (장예 쌀이고도 함)

몰수

모르는 게 아는 척,
못하는 게 하는 척,
못난 게 잘 난 척
3척 행동거지다

그런데 어머님은 '몰수가 상수다'
이수 저수 중에 몰수가 상수다
알아도 모른다 하란다

증인 두렵고
입을 열면 보태고
보태면 허위되고
허위는 죄가 된다

그러니 남의 일에 신경 쓰지 말고
자기나 잘하라는 훈계다
그런데,
몰수가 둔갑하여
법에서는 오리발 내민다

* 몰수 : 모른다는 수리數理
* 수 : 재수, 운수, 묘수, 볼 수, 들을 수, 할 수…

시詩 마을

참새는 시를 쓰고
나는 시를 읽고
나무는 시를 감상하고
하늘 아래 시 마을

새끼 참새무리 조잘거리며
무리 지어 달아나는 부리에
좁쌀 하나 주고 싶다

평화!
저 평화로운 세상에는
하느님도 범하지 못하리라

해 뜨는 시 마을에
생기발랄한
무릉도원
시 마을

관포지교

그 사람을 알려면 친구를 보라
마음까지 읽었기 때문이다.

주식酒食 친구는 많아도
어려울 때 도와줄 친구는 없다.

달콤한 친구 말고 감칠맛 나는 친구
의리 없는 친구 말고 허물없는 친구
터놓고 말할 수 있는 친구

관포지교
익자삼우益者三友
열 형제 부러우랴

늙었다고

늙었다고 밥 안 먹나?
늙었다고 숨 안 쉬나?

살아있을 때까지는
일하면서 살아가세

늙었다고 포기하면
누추하고 초라하다

한 번뿐인 우리 인생
흔적이나 남겨야지

늙을수록 일해야지
죽고 나면 할 일 없지

악수

알고 모르는 사람
손바닥 붙잡으면
만사형통

국제적 인사
내 몸에 무기가 없다는 표현
팬데믹으로 주먹 터치한다
싸우자는 건가?

두 손바닥을 모으면
부처님 인사가 된다
손가락 28마디가 합친다
28은 '共'을 의미한다
여기에다 마음을 더하면
공손할 공恭
함께 공손한 마음
접촉 없는
공손한 인사

세계적 인사 악수
이참에 바꾸어보면 어떨까?

용서의 미덕

시기는 미움의 열매
미움은 분노의 씨앗
미워하고, 분노한 자
사랑의 영양실조

남을 책망하는 데는 밝고
자기를 용서하는 데는 어둡다
남을 책망하는 마음으로 자기를 책망하면
허물이 적고
자기를 용서하는 마음으로 남을 용서하면
하나가 된다

사랑은 용서를 낳고
용서는 평화를 낳는다

발자취

눈 내린 이른 아침에
발 도장을 찍는다.

아니 나보다 더 부지런한 이 있었네,
탁발 나온 토끼, 고라니 발자국…
양말 신은 내 발이 시리다.

눈雪은 나를
소년으로 되돌리고
강아지로 만든다
순백의 발자국
망나니처럼 날뛸 일이 아니다

발 도장 찍힌 자리 되돌아본다
뽀드득, 뽀드득
예쁘게, 아름답게

공짜

세상에서 가장 비싼 건
공짜
맛볼수록 목마른 공짜

공짜 맛보면 허기지고
공짜 취하면 마굴로 간다
허기에 목마른 부나방처럼
소탐대실한다

통째로 삼키면
너도 죽고 나도 죽는다
세상에 공짜보다 더 비싼 것은 없다.

미끼에 걸린 후안무치
끝장을 봐도 덤벼드는
불굴의 공짜

언젠가는

언젠가는
웃음이 없을 날이 옵니다
그때를 위해 마음껏 웃읍시다.

언젠가는
육감을 느끼지 못할 때가 옵니다.
그때를 위해 마음껏 느낍시다.

언젠가는
고통이 없을 날이 옵니다.
그때를 위해 마음껏 누립시다.

언젠가는
족보에 이름 달랑 달립니다,
그때를 위해 이름을 닦읍시다.

하이픈(~)

문중 집묘集墓를 조성하고
망제단亡祭壇에 묘제를 모셨다.

비석에 새겨진 조상님의 제적등본
이름, 출생일, 사망일이 새겨져 있다
(망자 언제부터 (~) 언제까지)

하이픈(~)에 매달린 망자의 만고풍상
파란만장한 일대기가 하이픈에
고스란히 걸려있다,
누구를 위한 희생이었을까
生도 하이픈처럼 획 지났으리라

내 하이픈을 오버랩해 본다
제주를 올리고 묘제를 모셨다.

살물죄*

얼마나 죄를 지었는지
이사를 하다 보면 깨우친다

멀쩡한 물건들
유효기간이 남은 것
버리는 게 반이다
허영, 편리, 과시, 탐욕의 물건들이
이삿짐 차에 오르지 못하고
쓰레기 신세가 된다

그뿐인가
한 번도 사용하지 않은 물건
유행 지나 버린 물건
있으나 마나 한 물건
있었는지도 모르는 물건
모두 내가 저지른 살물죄다.

무소유가 무죄다.

* 물건을 버리는 죄

하루살이

생년월일과 제삿날이 같은 하루살이
군무를 이룬 축제 한마당
햇살에 현絃을 튕긴다

청빈의 일생 하루살이
만권의 책을 읽고
도를 닦는다

너에게도 생각이 있고
너에게도 사랑이 있었던가?

춤추며 즐기는
일생의 여정
하루면 충분하다

마음 빨래

치대고 비비고 돌리고…
살아가면서 찌든 때
독한 세제 한 스푼 머금고
세탁기에 들어간다.

빨랫방망이 얻어맞고
터져 나오는 땟물
맑은 물속으로 숨는데
나날이 옷 빨래는 하건만
마음 빨래는 잊었다

옷보다 마음세탁 먼저인데
태어나서 이태까지 미룬
마음세탁

오늘은 열일 제치고
청순한 마음세탁
깨끗이 하고 싶네

무언의 시인

여든이 넘은 이웃집 할아버지
나무 코드(棺)를 맞추어 두고
매일 한 번씩 들락거리신다

무슨 생각으로
매일 일기를 쓰시는 듯
매일 유언을 쓰시는 듯
만권의 시를 쓰신다.

글을 모르는
답답한
괴팍한 할아버지
오늘은 무슨 시를 썼을까?

오늘도 관棺을 들락날락하시는
무언의 시詩인

추석날 저녁

다섯 살 손녀와
할아버지가 이야기한다

— 이제 할아버지는 날마다
   기력도 체력도 떨어지니, 도은이 학교 입학하는 것 보고
   하늘나라에 가야 할 텐데
— 하늘나라에 가면 못 와? 보고 싶으면 어떻게⋯⋯
   아! 그럼, 나 백년쯤 살다가 하늘나라에 가서 만나자

오늘은 우리 도은이가 시인이네

보름달 가장 밝게 빛나는
추석날 저녁에

겸손

키만 멀쑥한 내가
성질까지 급해서
자주 이마받이 한다
머리 굽힐 줄 모르고
문틀 낮은 것만 탓한다

겸손의 모자를 쓰자
오만의 구두를 벗자
온화한 얼굴, 밝은 미소
고개 숙여 인사하는 모습
누군들 싫어하랴.

키 큰 것 탓하지 않고
문틀 낮은 것 나무란다
수그리면 다치는 법 없다
군자의 마침표는 겸謙

사랑의 미덕
예절의 꽃
겸손

하피첩

분홍색 치마폭에 연정을 담아
그리운 가족에게 사연을 보내
애련한 마음으로 전하려 하니

붓대에 가라앉은 매화꽃 향기
애틋한 사랑이랑 가슴에 품고
청빈의 곧음이란 흔들림 없네.

4부
지智

휴식의 묘미

현직의 휴일 어느 날
하산 길에 바위에 누워
세상을 다 가진 기쁨 누린 곳
퇴직한 후에는 가시방석이더라

휴식은 일하는 사람의 몫
정년 퇴임 후 빼앗긴 휴식
백수가 되어보니 알 듯하네
휴일을 기다리던
그 설렘! 그 낭만!

휴식의 멋은 피땀에서 태어나고
휴식의 맛은 노동에서 나온다
밥값을 해야 밥맛을 안다.

그대들이 어이 알리
낭만의 달콤한
이 설렘을

월요일 병

호텔 옆 우리 집
휴일은 바글바글
평일은 적막강산

모두 일터로 가는데
갈 곳 없고 할 일 없는 백수
심신이 무료한 월요일은
아침 산책도 시무룩하다.

좋아!
무엇이라도 좋아!
내 취향에 맞는 일
공부하고 글을 쓰고…
'늦게 배우는 내 공부 날 새는 줄 모른다,'

월요일병은 일이 백신이다
병은 일을 진찰하고
일은 병을 치료한다

분노조절

온도가 오르면 통제가 어렵다,
마음을 자제하지 못하니
망나니처럼 날뛴다

불붙으면 끄기 어렵다
신들린 무녀 칼춤 추듯
제정신이 아니다.

한바탕 홍역을 치르고 나서
가만히 생각해보면
답변은 없고 혈압만 오른다,
백해무익의 판결은
언제나 기소유예

언제나 후회막심
분노조절 증후군

일만 시간의 법칙

1만 시간
하루 3시간이면 10년
하루 10시간이면 3년
전문가가 되는데 걸리는 시간이다
'카스파로프 법칙'이라 한다.

똑같은 1만 시간
시간 사용방법에 따라
누구는 대가를 이루고
누구는 쪽박을 찬다

운, 사주팔자, 풍수, 복…
의견이 분분하지만
시간 사용방법이 아닐까?
시간 낭비 핑계 대면
백만 시간 모자란다

시간 허비 둘러대면
이룰 일도 못 이룬다

지팡이

지팡이는 수행비서
발목골절로 의지하던 지팡이
너 없이는 꼼짝 못한 보호자
하잖은 나무자루 하나
그만큼 소중한 줄 몰랐네

만물은 저마다의 쓸모있는 존재
일찍이 하느님은 알고 있었네

보잘것없는 이 몸 하나
누구의 지팡이가 되어 준다면
한세상 누린 보람 기뻐하겠네

누구의 지팡이가 되어 준다면

취미

유년시절
보릿고개에 허덕이는 나에게
장래 희망이 뭐냐고 물었다
'배부르게 먹는 것'이다

장년 시절
스포츠를 싫어하는 나에게
취미가 무어냐고 물었다
'돈 버는 게 취미'다,

정년 퇴임 후
할 일 없는 나에게
심심하지 않으냐고 물었다
'공부하는 게 취미'다,

훗날
마지막 취미는 무어냐고
묻는 나에게
'학이종신學而終身으로
잘 가는(死) 게 취미'다.

위토답

위토답 네 마지기
묘제 상 차려 주고
장리 쌀 갚고 나서
초근목피 배 채우며
엄마와 우리 4남매
겨울 내내 아껴봐도
허기지던 보릿고개
어찌 그리 재옵던지

흉년들어 닭 없으면
위토답 빼앗는다고
우리 엄마 간 떨어지게
공갈 협박 퍼붓는데

내년에는 꼭 닭 잡아
묘제 차리겠다며
두 손 발발 빌으셨지
어진 제관하는 말씀
내년에는 꼭 닭 잡으소
이 한 말에 눈물짓던

울엄매야 울엄매야
그 설음 어떠했노

오생*

심심해서 걱정
할 일 없어 걱정
걱정 많아 걱정

남의 허물 헐뜯어 봤자
내 허물 더해지고
남의 모순 들춰 봤자
내 흉만 늘어난다.

자!
한 편의 글을 읽고
한 줄의 글을 쓰자
아무리 심심해도
밥값은 해야지
밥값은 하고 놀아야지

아무것도 하지 않으면
아무것도 이룰 수 없다
무위도식은 천형

* 유생, 기생, 도생, 탈생, 자생

소인과 대인

소인小人의 小자를 보면
갈고리를 중심으로
핑계와 변명이 저울질한다
몸의 욕구와 이利를 추구하고
마음 내키는 대로 살아간다
아집과 독선의 껍데기
머리 아프게 배울 필요도 없다
말귀를 모르는 멍청이
알려줘도 우이독경
금수禽獸 같은 변덕쟁이,
유해무익,

대인大人의 大 자를 보라
사람人이 한결一같이 흔들림이 없다
하느님 같은 존재
배움의 자세로 대의大義를 추구하고
한결같은 마음으로 남을 배려한다
겸손하고 예의 바르게 사니
배운 것을 알리지 못해 걱정이다

소인은 충고를 충격으로 받아들이고
군자는 충고를 충동으로 받아들인다

소인과 대인이 싸우면 소인이 이긴다
알갱이 없는 벼는 고개 숙이지 않는다

후안무치

산비둘기 짝짓기에 눈이 마주쳤다.
비둘기는 옆 가지에 가서 부리로 딴짓을 떤다.
부끄러운 줄 아는가 봐

치恥, 참慙, 민憫, 괴愧
모두 마음心이 들어있다,
짐승도 마음이 있는가 봐

부끄러우면 귀가 빨갛게 된다
심하면 무안해서 얼굴을 못 든다
철면피는 창피한 줄 모르고
후안무치는 부끄러운 줄 모른다

부끄러움을 모르는 만큼
부끄러운 일은 없다.

교육론

부모님 시대
어머니
— 똥 묻은 주(바지)로 팔아서도 대학은 보내야 면서기
　라도 해 먹지
손톱 발톱 밑에 흙 묻히며 살아도 평생 고생만…
아버지
— 서당 글을 배워야 제사 때 지방紙榜이라도 쓰지 대학
　은 무슨 돈이 어디 있노…

요즈음 시대
어머니
— 다 가는 대학은 보내야지…
아버지
— 고졸 취업률이 대학취업률보다 높다더라…

미래 시대
어머니
— 글로벌 시대 유학은 보내야지
아버지
— 몰라

남자는 돈 버는 기곈강

호천망극昊天罔極

어버이 돌아가시면 울지 않으려고
생전에 효당갈력孝當竭力 맹세하고는

작심삼일로 흐지부지하고
무사안일로 그럭저럭 지내고
핑계로 우물쭈물하다가

세월은 기다리지 않았고
그날은 다가오고 말았다

못다 한
회한의 효
호천망극

소비세

40대만 하더라도
누가 건강에 관한 이야기하면
"건강이 뭐꼬"하며 물었다
작열하는 사막에서
철야 작업을 하고
돈내기작업에 숨 고를 시간이 없었다,
그렇게 혹사한 탓인가?

환갑을 넘어서니
고물 자동차처럼
손 볼 곳이 한두 군데가 아니다
이제는 견적도 만만치 않다
특별 소비세를 내란다

밤낮 모르고 뛰던 몸에
소비세 청구서

올해는 얼마나 나올까?

다그치지 마

화차 수증기처럼 품어내는
열 받은 황소의 콧김
그러나 암소는 절대
허락하지 않는다.
돼지도 마찬가지다
요리조리 절대
허락하지 않는다.
때가 있다.

합의를 볼 때도 마찬가지
다그치지 마라
조금 누그러질 때,
온도가 조금 떨어질 때,
때가 있다.

군자는 느긋하지만
소인은 조급하다.

남자는 배짱
여자는 절개

반성

일사불란한 Y 떡방앗간
수증기 가득한 방앗간에
널브러진 물건 사이로
희미한 실루엣의 그림자

한 손으로 일하는 부자연한
움직임에 눈길이 멈추었다.

한참 후에야
그녀가 의수라는 걸 알았다
가끔 남편과
얇은 웃음으로, 눈 맞춤으로, 음파 신호로…
맛있는 떡이 만들어진다
완전 자동이다
사지가 멀쩡한 내가 부끄러워
보기 민망했다

집으로 돌아와
허리 물리치료 가려다가
산책 나섰다.

핑계

핑계는 이유
면피의 짜깁기다

이루지 못한 입신양명
핑계 삼아 돌려댄다
어떤 이는 이, 삼십 년의 세월에
대가를 이루는데
바쁘다는 핑계로
나는 칠십 년 헛발질하고도
핑계 타령

바쁘다는 건 핑계다
오늘도 시 한 편 놓쳤다
책 한 페이지 못 읽고
글 한 줄 못 쓰고

바쁘다는 내 핑계
언제까지 써먹을지

음양의 교대

퇴임 한지 십 년이 넘은 어느 날
직장 후배들을 만났다,
그들이 부러워하던 나

반가움도 잠깐
작아지는 나를 발견하는 데는
오래 가지 않았다,
음양이 바뀌었다.

그 번쩍이던 칼은 빛을 잃었고
칼날은 녹슬어 무디었다,
후배들이 사무치게 부러웠다.

물극필반物極必反
세상은 음양이 교대한다는 걸
까마득히 몰랐다,

소유권

등산길에 잣송이 툭 떨어졌다,
놀라 위로 보니
청설모가 놓인 잣

내가 주우려 하니 청설모는
꼬리를 흔들고 '컹컹'거리며
나무 위에서 제 것이라며 안달이다

"그럼 내려와서 가져"
떨어뜨린 잣
서로 소유권 주장한다

"너는 따면 되잖아
내가 가지면 안 되겠니?"

좌충우돌

현관으로 들어온 잠자리
출구를 찾지 못해 좌충우돌
가만히 앉아 무슨 궁리 끝에
유리창에 또
광! …

불혹에 끙끙거리던 나 같아
문을 열어줘도 붙잡으려 해도
막무가내다

천방지축으로 날뛰던 불혹의 나 같아
누구의 도움도 외면한 채
좌충우돌하던 무소불위
청맹과니
창밖은 보이는데
출구를 못 찾아
헤매던

출구 없는 밖은
더 밝더라

건망증

무얼 하러 가서는 잊어버리고
무얼 하러 가는 중에 잊어버리고
돌아서면 잊어버리네

젊을 때 무얼 잊어버리면
'까마귀 고기 먹었나,'
까맣게 잊어버림을 핀잔하는 비유법

충격이 클수록 잊긴 어렵다
나쁜 감정 잊기 어렵고
좋은 감정 잊기 쉽다
공부도 충격이 커야 안 까먹는다

어렵게 재생된 언어
오래 기억하고
쉽게 배운 학문
잘 까먹는다

우리 집 밥솥

우리 집 밥솥은 휴식이 없다,
식구는 둘인데
한 번에 하루분 이상 밥을 한다

주인 잘못 만난 밥솥
휴일이 없어
오뉴월 염천에도
한증막을 안고 산다
담배 한 대 커피 한 잔 마실 틈이 없다

인간도 쉬지 않으면 병이 나고
기계도 쉬지 않으면 고장이 난다
주인 잘못 만난 머슴(밥솥)
골병든다

제발 밥솥 좀 쉬게 하고
제때 지은 따스한 밥 해 막자는 말에
밥은 한꺼번에 많이 해야 밥맛이 좋다나

전기세는 안 오르나.

벽

벽은 문이 있다고 생각하면 있고
벽에 문이 없다고 생각하면 없다,

살아있다는 건
사방의 벽 속에 갇혀 있다는 것
그 벽에는 열릴 문이 숨어 있다.

누구나 열 수 있는 희망의 문
마음만 있으면 열 수 있는 문
누구에게나 문은 열린다.

모든 벽은 문
문 없는 벽은 없다,

도전

무모한 도전은 자살이다
그러나 도전은 무모하지 않다
한 번 해봄 직해서 덤빌만한 게임이다

평생 실습하는 사람도 있지만
대개 중년 이후로는 은퇴한다

도전은 삶의 원동력이다
성공을 추구하지만
실패가 안다리를 건다

세 번은 넘어져야 오뚜기가 된다
세 번을 두려워하면 무지렁이가 된다.

무모한 도전은 자살골
공부 안 한 도전은 백전백패
나는 열 번 넘어지고 동력이 고갈됐다.

시간 도둑

참 무서운 놈이지
거머리처럼 착 달라붙어
쉬지 않고 빨아 먹는다
자투리 시간은 그렇다고 치자
방황하는 시간도
에누리는 없다.

공부해야 하는데
라디오, 레코드, 텔레비전…
이런 바보상자들이
훔쳐가는 시간에 나는
속수무책이다
이런 절도범을 위해
방범창 하나 달고 나니

손바닥에 나타난 도둑,
세상만사를 잣대질한다
도둑맞은 스마트 폰
처방전은 없을까?

이 다음엔 어떤
도둑이 나타날지 몰라

바닥

바닥은 틈이다
만물은 바닥에서 시작하고
바닥에서 이루어진다

바닥은 바탕이다
생각, 소망, 주식, 꿈…
바닥의 단골 메뉴다
바닥이라야 만물이 자란다

바닥은 기회다
음양의 변곡점이다
음양이 변신하여 순환하는 곳
생존의 본능이다

바닥은 절망이다
바닥까지 가면 더 잃을 게 없다
절망에서 희망으로

바닥은
절망과 희망의
틈

5부
신信

더불어 사는 세상

오늘도 하루해가 저물어지는데
내가 나를 아는 데는 중천에 머물고
누가 나를 일깨워줄 사람 없어
가만히 눈을 감아 세상을 보았지

시대적 인연이란 천륜만큼 귀한데
남천에 흐르는 물은 저리도 구성지나
만세기가 지나가고 또 다가오지만
이와 같은 만남은 기대 마소서
아우르고 보듬어도 모자랄 인연
안아주고 업어주며 다독여 가세

아름다운 이 세상 꽃피게 하세
한 많은 이 세상 정답게 살아가세

격세지감

부모 형제 우리 가족
영원하리라 믿었건만

형제자매 분가하고
부모님 돌아가시고

아들 딸 키우느라
바쁘게 살다 보니

세월 가는 줄 모르고
한 세대 사라지네

문명도 인생관도
변화무상 실감해도

무덤덤한 일상생활
아무렇지 않는구나

어느 날에는

아무것도 필요 없는 어느 날에는
비로소 알게 될 그 날이 될까?

바람이 부는 대로
구름이 가는 대로
홀로서기를 위해
길 아닌 길을 걸었다.

시기, 분노, 질투, 증오로
앞지르기에 바빴다
허울 좋은 미사여구로
자화자찬에 바빴다,
기고만장했던 그날들

어느 날에는
다 소용없는
그 어느 날에는

어떤 덕담

흔히 폐백실 덕담 중에
'변치 말고 잘 살아라' 한다
변해야 하는데 어불성설이다

천체의 우주도 변하며 존재하거늘
인간이 살아가면서 변하지 않을 수 없다
변화하기 위해 살고
변화하기 때문에 산다
나날이 새롭고 또 새롭게

변하지 않는 생물은 없다,
무생물도 세월에 녹슬고 부서진다
변치 않고 잘 살 수 있는 법 없다

덕담이 이치에 맞지 않으면
괴담이 된다

몽당연필

어깨 위에 책보자기 짤랑짤랑
필통 속에 몽당연필 짤랑짤랑
배고프다 어서 가자 짤랑짤랑

학교에서 돌아오면 딸각딸각
어서 가서 소먹이라 딸각딸각
배고프다 빨리 가자 딸각딸각

호롱불에 침 바르던 몽당연필
대나무에 꽂아 쓰던 몽당연필
사무치는 백두산 표 몽당연필

길 아닌 길

길로만 다니지 마라
길 아닌 길도 다녀라
길 아닌 길이 큰 길이 된다
길 아닌 길이 하느님의 길이다

길 아닌 길에는
산나물이 있고, 산삼이 있고, 금이 있다,
모두의 아버지 하느님의 길

새길을 만들어라
아무도 가지 않던 새길을 내라
금은보화는 새 길에서 만난다

새로 내는 길
새로운 발견
새로운 세계

못난이 과일

친구 단감나무밭에 갔다.
들어서는 순간 억장이 무너진다
— 이 감을 언제 다 따노?
— 따다가 못 따면 버리지 뭐
얻는 불량품이 반이 넘는다.

얼음골에 사과 사러 갔다
단골이라 얻는 것이 더 많다,
흥부농원 사장님 고마워요

나는 절대 정품은 안 먹는다
새나 벌레 먹은 못난이가 진품
그들이 먼저 맛본 불량품이 진짜다
경제적으론 공짜다

산전수전 겪은 열매
농익은 향기 난다
껍데기만 번지르르한 것보다
내공이 영글어야 진품이지.

행복

밥값은 내가 냈는데
왜 내가 기분이 좋아
밥 먹은 사람이 좋아하니까

수리해서 재활용했는데
왜 이리 기분이 좋아
경제적 이득이니까

아는 것을 말했는데
왜 이리 기분이 좋아
배워서 남 주었으니까

생활 속 철학
행복

꼬시기

'꼬시기'는 '거시기'다,
아름답고 재미있는 단어
누가 이 언어에 꽃 피지 않으랴

삶은 꼬시기 술래다
생물은 눈뜨면
꼬시고 꼬시기고 공화국이다,
생리적인 꼬시기
생의 목적이다.

'거시기'가
'꼬시기'로 둔갑하니
아름다운 꽃이 피었다.

생의 본능
꼬시기

용기

세월에 빼앗긴 용기
봄날 고양이 낮잠처럼
기지개를 켠다

기운이 어딜 갔지
기억을 더듬어보니

기력은
손바닥에 바른 침이나
소매 끝에도 붙어산다
"영차"
목소리에도 붙어있다,
"하나, 둘, 셋"
숫자에도 있다.

세월이 훔쳐간 용기
여기 숨어 있었네.

머슴살이

남의 집 머슴살이
갖은 고생 다 하지만
배불리 먹고 나니
부잣집 부럽잖아

가난한 눈치 밥상
먹을수록 허기지고
배불리 먹을 길은
머슴살이뿐이라네

이 한 생 머슴 살면
배고픔 면하려나

그리운 고향 사투리

친구에게 안부 전화를 했다,
— 어떻게 지내노?
— 뭐 뽀돗히 앤 지내나 어떠노?
유난히 사투리가 심한 고향
세월에 무디어져 안타깝다

뽀돗히(겨우), 애꼽다(아니꼽다), 얍삽하다(비겁하다),
선나깨이(조금), 보골나다(화나다), 고랑테(골탕), 껑둥거
린다(아는 체 덤벙거림), 끼꿈하다(상쾌하지 못하다), 단디
(조심히), 주디(주둥아리)…

이런 언어로도 시가 나올 것 같아
어떤 언어로도 소통할 수 없는 어휘력
구수한 사투리의 첫사랑이어라

사무치게 반가운
내 고향
사투리여

산다는 건

살아가면서 회의를 느낀다
산다는 게 무언지?
존재의 의미는 또 무엇인지?
어디서 왔고 어디로 가는가?
무엇하러 왔고 무엇하러 가는가?

산다는 건
속세의 칼바람에 감기드는 일
악다구니 속 멍드는 일
세파에 멀미 나는 일
그 속에서
세상에 진 빚 갚는 일
찬란한 마침표 하나 찍는 일

산다는 건
역경 속
자아완성의 여로

눈雪도장

하얀 눈 내린 들판에
큰 대大자로 눈도장을 찍었다.
사방 여섯 자

내가 죽으면
이만큼의 땅이 필요하다고 생각한다
아니, 이만하면
우리 내외가 충분하다고 생각한다
내가 죽으면 염장은
팔다리를
꽁꽁 묶어 최소한으로 줄일 터이니

사방 여섯 자
한 평의 땅을 마련하려고 평생
꼭두새벽에 집을 나섰다
어쩌면 이 땅도 필요 없을는지
공중분해 될지도 모르니까

동심으로 들뜬 마음
고요히 가라앉는다

애물단지

버리자니 아깝고
가지자니 비좁고

충동구매 저지르고
마음고생 자초하고

뺄셈은 덧셈보다 어렵고
곱셈은 나눔보다 힘들고

오욕의 묵은 살림
장롱 속 애물단지

부부 싸움

부부 싸움은 신용카드
촌수나 항렬이 없어
긁어도 부담은 없다.

지지 않으려고. 자존심 상해서
수시로 긁어대는 신용카드처럼
자초지종 바가지를 긁는다.

바가지를 긁다 보면 구멍이 난다
강력 본드로 때워도 물은 샌다
이기면 창피하고 지면 분하다

삐졌다, 토라졌다 해도
바가지 구멍은 나지 말아야 한다
칼로 물 베기처럼

결심

40대 후반 어느 날
아내와 험로의 하산 길에서
밧줄에 의지하고 겨우 내려오는데
맨몸으로 산양처럼 내려가는
노인 한 분 있었다

계곡에서 그분을 다시 만났다,
"어르신 실례가 되지 않으면 올해 연세가 어떻게 되시는
지요?"
"뭐 연세라 할 것 없심더 팔십넷심더"
이크!
내 나이 배다
넘어온 산을 다시 되돌아가신다는 말에
어안이 벙벙했다
배낭은 땀에 절여 가죽처럼 반질거렸다.

돌아오는 길
'나도 어르신처럼 살아야지'
주먹 불끈 쥐었다.

얼굴 없는 부처

경주 남산에는
모가지 없는 돌부처가
설법을 전하고 있다.

부처님 가라사대
잔꾀 부리지 말라고
잡음 듣지 말라고
잡념 피우지 말라고
삭발로도 모자라
머리까지 없앤 걸까?
탐, 진, 치
발부칠 틈이 없네

경주 남산에는
얼굴 없는 돌부처가
묵언의 설법을 전하고 있다.

건배사

때에 따라 다른 건배사를 쓴다

내가 주로 쓰는 건배사는
'잘 먹고, 잘 살자'다
그런데 사람들이 말귀를 못 알아듣는다
대부분 호화호식하는 의미로 이해한다

잘 먹는다는 건
건강하다는 뜻, '건강을 위하여'라는
국민 건배사와 같은 의미고,
잘 살자는 건
바르게 살자는 뜻,
사는 것이 중요한 것이 아니고
바르게 사는 것이 중요하다는 의미인데,
말귀를 알아듣지 못하니 참 딱하다,
우이독경이다

건배사는 단합과 축하를 위한 모임으로
장소에 따라 다르다.
건배乾杯를 파자 풀이해 보면
잔은 말린다는 의미
'원샷' 이랄까

자!

'세계 평화를 위하여'

어떤 취미

해외근로자 비계공 K형
성인용품 수집이 취미였다.

구슬, 멍게 자루, 낙타 눈썹…
비밀 상자에 가득하다.
휴일이면
상자를 열어 너털웃음 지으며

"귀국하면
부산국제시장 2층 포목상회
돈 많은 과부는 다 내꺼여"

망상의 카타르시스
벤처 사업
성공할 수 있을까?

누굴 위한 삶인가?

문득,
누굴 위한 삶인지 궁금할 때가 있다,

나를 위해 사는 것도 아닌 것 같고
조상을 위해 사는 것도 아니고
자식을 위해 사는 것도 아니고
애인을 위해 사는 것도 더욱 아닌 것 같아

그럼
무미한 삶이란 말인가?

그런 것 같기도 한데
딱 와 닿는 게 없어
밥 먹고 똥 누는 것 빼고는

그럼 짐승이지

어머님의 기도

새벽에
어머님이 안 보였다,
부엌에도 없었다.

잠시 후
문고리를 잡은 어머님의
손이 얼어붙었다.

냇가에 얼음을 깨고
얼음 위에 촛불을 켜고
우리 4남매를 위해
지극정성으로
용왕님께 빌고 와서

얼음장 같은 손으로
백 떡 한 조각씩 떼어
잠 덜 깬 우리
4남매 입에 넣어주시던
어머님의
그
정성의 기도

모든 것은 지나간다

모든 것은 지나간다
어제도, 지금도, 내일도
바람처럼 지나간다

괴로움도 슬픔도 기쁨도
머무는 법 없다
다만 인식할 뿐

삶의 괴로움, 이별의 슬픔, 사랑의 기쁨
영원한 유행은 없듯이
머무는 건 없다
우리는 끝없는 두려움으로
지금을 보내고 흘러갈 뿐

삶 앞에
어떤 슬픔, 기쁨도
끊임없이
반드시 지나간다

무위자연

날마다 밥을 먹건마는
아무리 먹어도 늘 배고프고
날마다 돈을 벌건마는
아무리 벌어도 늘 모자라네.

나날이 일하고 자는
숨쉬기 운동처럼 끝없는 세월
살아가는 당위성을 보네.

채우고 비우는 건
생명의 속성
존재의 본질

탐욕만 한 빈곤 없고
근검만 한 행복 없다
우리 모두 자연으로

한 줌의 재

하늘을 찌를듯한 나무
아궁이에 들어가면
한 줌의 재뿐이다

친구의 장례식에
6척의 몸
아궁이에서 나온 뼈 몇 점
파란만장의 찌꺼기다

높으나 낮으나
고귀하나, 비천하나
똑똑하나 어리석으나
불붙으면 끝장이다

살아가면서
여기저기 불을 지핀다
어떤 불은 연료가 좋아
완전 연소되지만
어떤 불은 불안전 연소로
그을음 덩어리다
생이란 이런 거다

>
어쨌든 우리는
한 줌의
재
뿐

공부의 길, 시의 길
— 홍영택의 시

오홍진 문학평론가

공부의 길, 시의 길
— 홍영택의 시

오흥진 문학평론가

홍영택은 공부하는 마음으로 사물을 들여다보고 시를 쓴다. 시를 공부하는 사람은 사물에 매이지 않는 마음에 늘 관심을 기울인다. 공자는 시 삼백 편을 읽으면 마음에 사특함이 사라진다고 했다. 사특함이란 사물에 매여 본뜻을 잃고 방황하는 상황을 가리킨다. 시를 공부한다는 건 이리 보면, 사물의 본뜻을 '그대로' 받아들이는 마음길을 여는 것을 의미한다. 사물을 보는 순간 우리는 늘 그 사물에 제 마음을 투영한다. 사물의 본래 성정을 저 멀리 내던지고 자기 뜻을 거기에 집어넣는다. 한없이 맑은 마음을 지녔으면 상관없지만, 일상에 매인 사람들이 어떻게 이런 마음을 지닐 수 있을까?

「학이종신學而終身」에서 시인은 "살기 위해 배우고/ 배우기 위해 사는" 마음을 '학이종신'으로 표현한다. 이 말에는 죽을 때까지 학문을 이어가겠다는 맥락이 담겨 있다. 공부란 하루아침에 끝나는 게 아니다. 같은 내용을 봐도 어제 생각한 게 다르고, 오늘 생각한 게 다르다. 날마다 배우고 새로이 익히지 않으면 어떻게 학문이 발전할 수 있을까? 먹고 사는 일에 치중하면 자연 자기 욕망에 매인 삶을 살 수밖에 없다. 아무런 욕망이 없이 어떻게 일상을 살 수 있을까? 일상 속에서 일상을 넘는 공부를 하는 이들도 있지만, 일반 사람들은 늘 일상에 치여 근근이 하루하루를 보낸다. 일상의 욕망에 매일수록 사물을 공부하는 길은 그만큼 멀어진다.

넓게 배우고, 깊게 생각하기
다양하게 보고, 바르게 분별하기
죽기 위해 배운다.

하늘 아래
배우지 않는 생물은 없다,
일을 배우고 사랑을 배운다
– 「공부의 함의」 부분

볼 수 없고
들을 수 없고
만질 수도 없네

만물을 낳아 기르는
너는
태초 이전의 신神으로
만물을 탄생시키고
대대손손

호적등본이 되셨네
　-「자연의 도」부분

　「공부의 함의」에 나타나는 대로, 넓게 배우고 깊게 생각하는 일이 바로 공부다. 다양한 관점으로 사물을 보고, 본바를 바르게 분별하는 일 또한 공부라고 할 수 있다. 하늘 아래 사는 생명 중 배우지 않는 존재가 어디에 있을까? 일을 배우든, 사랑을 배우든 그들은 "죽기 위해 배운다." 태어나 살고, 태어나 죽는 일이 배움과 연결되어 있음을 시인은 잘 알고 있다. 돌려 말하면 살아서 배우지 않는 존재를 우리는 생명이라 일컬을 수 없다. 공부가 생명의 본능과도 같은 것이라면, 생명이 이 세상에 나온 그 순간부터 '공부'라는 행위가 시작되었다는 말이 된다. 생명의 역사란 곧 공부의 역사와 다르지 않다. 시간 속에서 진화해 온 생명의 역사를 떠올리면 어떨까? 시인은 생명의 진화를 공부의 맥락으로 풀이하고 있는 셈이다.
　「자연의 도」를 따르면, 공부는 "볼 수 없고/ 들을 수 없고/ 만질 수도 없"는 어떤 사물을 온전한 마음으로 직관하는 정신과 이어져 있다. 볼 수 없고, 들을 수 없고, 만질 수 없는 사물은 감각 너머에서 빛나는 어떤 상태를 가리킨다고 볼 수 있다. 무극無極과 태극太極은 보이지 않지만, 그것을 통해 음양陰陽이 나오고 오행五行이 나오고, 만물萬物이 생성된다. 보이는 사물에 매이면 그 너머에 존재하는 보이지 않는 사물을 볼 수가 없다. 시인은 이 상황을 "무위자연의/ 도"라는 시구로 표현한다. 무위자연을 실천하는 도는 무언가에 매여 사물을 판단하지 않는다. 자연은 순리를 따른다.

순리順理란 봄이 되면 꽃이 피고, 가을이 되면 꽃이 지는 이치와 같다. 봄이 오면 꽃이 피는 일도 자연이고, 가을이 되면 꽃이 지는 일도 자연이다. 시인은 자연의 도를 익히는 이 마음으로 시 쓰는 공부에 매진한다.

「황홀한 사랑」에는 한 쌍의 멧새가 사랑을 나누는 장면이 나온다. 시인은 "황홀한 저 사랑에는/ 우주도 잠깐 숨을 죽였으리라"라는 시구로 이 상황을 표현한다. 한 생명이 탄생하는 과정에는 온 우주가 개입한다. 우주와 인연이 없는 존재가 어떻게 생명으로 태어날 수 있을까? 어미 새는 먹이를 물어 오고, 새끼 새는 그 먹이를 먹고 자라난다. 자연에서 펼쳐지는 생명의 시간이란 무엇보다 이러한 사랑의 정신과 밀접하게 연동되어 있다. "황홀한 사랑의 꽃"은 우주도 숨을 죽이는 황홀한 순간 속에서 비로소 피어난다. "잡초는 뽑아야 작물을 얻고/ 심신은 닦아야 도심을 얻고/ 사랑은 펼쳐야 평화를 얻는다"(「~않으면」)라는 시구에 서린 의미 또한 이와 다르지 않다. '~않으면'이라는 말에는 연기緣起의 맥락이 숨어 있다. 사랑을 나누지 않으면 새끼 새는 태어나지 않는다. 이것이 있기에 저것이 있는 인연법이 곧 도심으로 가는 길목에 아름드리 펼쳐져 있다고 말하면 어떨까?

양혜왕이 맹자에게 계산서를 내밀자
맹자는 다른 계산서를 요구하며 거절했다,
국왕도 계산서 타령이니
나 같은 범부들이야 말해 무엇하랴
세상은 계산서의 저울질이다

사막처럼 메마른 사욕의 갈증
누군들 이 거래를 거절할 수 있을까?
손익의 저울질은 대대손손 이어지고

눈뜨면 덤벼드는 손익 계산서
악다구니 바구니에 채우고
세상을 잣대질하는 나는

오늘도 계산서 하나 달랑 들고
새벽 상거래를 나서는
장사꾼
－「계산서」 전문

　맹자를 만난 양혜왕은 나라에 무슨 이로움利이 있겠느냐
고 묻는다. 맹자는 하필이면 왜 이利를 말하냐며 단지 인
의仁義가 있을 뿐이라고 대답한다. 왕이 나라의 이익을 생
각하면 대부들은 가문의 이익을 생각할 테고, 백성들은 제
몸의 이익을 생각할 것이다. 윗사람이건 아랫사람이건 이
익만 따지는 나라가 어떻게 제대로 운영될 수 있을까? 시
인은 '계산서'라는 시어로 인의보다 이익을 탐하는 세상사
를 표현한다. "사막처럼 메마른 사욕의 갈증"에 치여 사람
들은 대대손손 손익의 저울질에 집착한다. 멀리 갈 것도 없
다. 지금 이 나라 정치인들을 보라. 당리당략으로 나랏일을
결정한다. 당에 이익이 되면 인의에 어긋나도 아무렇지 않
게 실천한다. 맹자는 나라의 이익을 탐하는 양혜왕을 향해

단호하게 인의를 외쳤다. 왕이 인위를 실천해야 대부와 선비와 백성들도 인의를 실천한다.

사람들은 오늘도 "눈뜨면 덤벼드는 손익 계산서/ 악다구니 바구니에 채우고" 세상으로 나간다. 말 그대로 장사꾼의 마음으로 세상 사람들을 대한다. 장사꾼은 수단과 방법을 가리지 않고 이익을 탐한다. 이 세상을 지배하는 자본의 논리는 바로 이런 장사꾼의 논리와 닮았다. 계산서에 눈이 먼 장사꾼의 마음에 견준다면, 시인의 마음은 이익과는 다른 자리를 들여다보려고 한다. 맹자는 이익과 다른 자리를 인의로 표현했다. 인仁은 사랑을 말할 테고, 의義는 정의로움을 말할 터이다. 이익에 눈먼 사람들이 타자를 사랑할 리 없고, 정의롭게 행동할 리 없다. 그들은 제 욕망을 충족하기 위해서라면 거짓을 진실인 듯 소문내고, 진실을 거짓인 듯 난도질한다. 얼마나 많은 이들이 사회 정의를 부르짖다가 권력이 휘두르는 총칼에 죽임을 당했는가?

「욕심欲心·慾心」에서 시인은 욕심欲心을 좋은 마음을 해석하고, 욕심慾心을 나쁜 마음으로 해석한다. "마음心"이 붙으면 나쁜 마음이 되고, "마음心"이 붙지 않으면 좋은 마음이 된다. 마음을 어떻게 쓰느냐에 따라 좋은 욕심이 나타나기도 하고, 나쁜 욕심이 나타나기도 한다. 양혜왕과 맹자는 같은 세상을 살았다. 양혜왕은 이利의 시선으로 그 세상을 봤고, 맹자는 인의仁義의 시선으로 그 세상을 봤다. 세상이 마음을 그린 게 아니라, 마음이 세상을 그린 것이라고나 할까? 시인은 "지옥과 천당은/ 마음心의 몫"이라고 분명히 말한다. 마음에 계산서를 품고 있으면 세상은 아비규환의 지옥이 되고, 마음에 사랑과 정의를 품고 있으면 세상은 서로를 환대하는 천당이 된다.

　무지無知와 무명無明에 매인 사람은 늘 분별하는 마음으로 세상을 바라본다. 이것이 옳으면 저것은 그르다. 이것이 옳고 저것이 그른 근거는 오로지 자기 마음속에 있다. 그럼 새벽 산책길에 매일 만나는 새는 옳은 것인가, 그른 것인가? 새는 자연 이치를 따라 살 뿐이다. 자연 이치를 어기지 않고 어떻게 그런 새에 의미를 붙일 수 있을까?「인연」에서 시인은 새의 말을 알아듣지 못하는 자의 무거운 발걸음을 이야기한다. 새의 말을 알아들으려면 자기를 중심에 세우려는 마음부터 내려놓아야 한다. 이것에 매이면 저것에도 매이고, 이것을 놓으면 저것도 놓게 되는 연기법緣起法의 이치를 가만히 생각해보라. 부처는 있는 그대로의 사물을 보라고 했다. 거기에 인간의 시선을 덧붙이지 않으려 했다. 시를 쓰는 공부란 무엇보다 이러한 부처의 마음결에서 비롯된다고 할 것이다.

　　　생년월일과 제삿날이 같은 하루살이
　　　군무를 이룬 축제 한마당
　　　햇살에 현絃을 튕긴다

　　　청빈의 일생 하루살이
　　　만권의 책을 읽고
　　　도를 닦는다
　　　 -「하루살이」 부분

　　　치대고 비비고 돌리고…

살아가면서 찌든 때
독한 세제 한 스푼 머금고
세탁기에 들어간다.

빨랫방망이 얻어맞고
터져 나오는 땟물
맑은 물속으로 숨는데
나날이 옷 빨래는 하건만
마음 빨래는 잊었다
－「마음 빨래」 부분

겸손의 모자를 쓰자
오만의 구두를 벗자
온화한 얼굴, 밝은 미소
고개 숙여 인사하는 모습
누군들 싫어하랴.

키 큰 것 탓하지 않고
문틀 낮은 것 나무란다
수그리면 다치는 법 없다
군자의 마침표는 겸謙
－「겸손」 부분

「하루살이」에는 생년월일과 제삿날이 같은 하루살이가
나온다. 하루를 살면서도 하루살이는 만 권의 책을 읽고 도
를 닦았다. 하루를 사는 하루살이가 어떻게 이런 삶을 살 수

있었을까? 하루살이는 하루뿐인 삶에 온전히 집중했다. 하루를 사는 하루살이가 이룬 일을 백 년을 사는 인간은 왜 이루지 못하는 것일까? 하루살이와 같은 삶을 살지 않기 때문이다. 인간은 이런저런 욕망에 매여 있다. 욕망은 늘 무언가에 집착하는 마음을 낳는다. 이것을 얻으려면 저것을 포기해야 한다. 오늘 해야 할 일을 내일로 미루는 게 인간의 삶이 아니던가. 내일은 오늘의 다른 이름일 뿐이다. 오늘 못한 일을 내일 하기는 힘들다는 말이다. 내일이 없는 하루살이는 오늘 하루를 온전히 살았고, 내일을 마음에 품은 인간은 오늘 하루를 온전히 살아내지 못했다. 그것이 하루를 사는 하루살이와 백 년을 사는 인간의 차이를 만들어냈다.

「마음 빨래」에 드러나는 대로, 살아가면서 찌든 때는 "치대고 비비고 돌리"는 과정을 거쳐야 비로소 벗겨진다. 오늘 해야 할 빨래를 내일로 미루면 더 많은 때가 덕지덕지 묻은 빨래가 남을 따름이다. 옷 빨래를 하다가 시인은 문득 마음 빨래를 떠올린다. 옷을 빨 줄 알면서 왜 마음은 빨지 못하는 것일까? 옷 세탁보다 마음 세탁이 중요하다는 것을 시인은 누구보다 잘 안다. 그러면서도 때가 되면 옷은 세탁해도 마음을 세탁할 줄은 모른다. 마음을 세탁하려면 마음 깊은 자리를 들여다봐야 한다. 들여다보고 싶다고 쉬이 들여다볼 수 있는 마음자리가 아니다. 마음을 세탁하는 일은 마음을 비우는 일과 다르지 않다. 욕망에 찌든 일상을 살면서 어떻게 마음을 비울 수 있을까? 마음을 빨려고 하는 순간 우리는 저도 모르게 마음 깊은 자리에서 밀려 나오는 두려움과 맞닥뜨린다.

어떻게 하면 이 두려움을 떨쳐낼 수 있을까? 시인은

'겸謙'을 말하고 있다. 겸은 겸손을 의미한다. 타인에게 겸손한 마음이기도 하고, 자기에게 겸손한 마음이기도 하다. 정확히 말하면 겸손은 자기를 낮추는 마음이라고 할 수 있다. 자기를 낮추는 사람은 남을 탓하지 않는다. "오만의 구두"를 기꺼이 벗고 사람들을 대한다. 오만한 사람은 늘 이 세상이 자기중심으로 돌아가기를 바란다. 피라미드의 가장 위에 올라 밑에 있는 사람들을 지배하려고 한다. 자기중심으로 세상을 보는 이가 타자를 사랑하고 환대하는 마음을 알 리 없다. "온화한 얼굴, 밝은 미소"로 타자와 만날 리도 없다. 자기 삶을 기준으로 다른 이가 사는 삶을 판단하는 이들은 어떤 상황이 벌어져도 고개를 숙이지 않으려고 한다. 부끄러움이 없으니 사과할 줄도 모른다.

마음의 불을 끄지 못한 사람들은 늘 분노에 사로잡혀 있다. 「분노조절」에 표현된바, 그들은 시도 때도 없이 분노를 터뜨린다. 마음속 불을 끄는 방법은 하나밖에 없다. 고요한 마음자리를 찾는 것이다. 그러려면 분노를 누그러뜨릴 줄 알아야 한다. 자기 마음을 들여다볼 줄도 알아야 한다. 「후안무치」에서 시인은 "치恥, 참慙, 민憫, 괴愧/ 모두 마음心이 들어있다"라고 이야기한다. 여기에 나오는 '마음心'은 제 마음 깊은 자리를 들여다보는 마음을 가리킨다. 분노에 사로잡힌 사람이 마음의 불로 온몸을 태울 때, 고요한 마음자리에 이른 사람은 차가운 물로 온몸을 적신다. 마음공부란 이런 것이다. 부처는 '니르바나'라는 말로 이러한 마음자리를 표현했다.

벽은 문이 있다고 생각하면 있고

벽에 문이 없다고 생각하면 없다,

살아있다는 건
사방의 벽 속에 갇혀 있다는 것
그 벽에는 열릴 문이 숨어 있다.

누구나 열 수 있는 희망의 문
마음만 있으면 열 수 있는 문
누구에게나 문은 열린다.

모든 벽은 문
문 없는 벽은 없다,
－「벽」전문

바닥은 틈이다
만물은 바닥에서 시작하고
바닥에서 이루어진다

바닥은 바탕이다
생각, 소망, 주식, 꿈…
바닥의 단골 메뉴다
바닥이라야 만물이 자란다

바닥은 기회다
음양의 변곡점이다
음양이 변신하여 순환하는 곳

생존의 본능이다

– 「바닥」 부분

「벽」에서 시인은 "벽은 문이 있다고 생각하면 있고/ 벽에 문이 없다고 생각하면 없다."라고 선언한다. 마음이 벽에 문을 만들기도 하고, 만들지 않기도 한다. 사방 벽에 갇혀 문을 모르는 이들은 살아있어도 살아있는 게 아니다. 문이 있다고 생각하면 벽에 문이 생기는데, 사람들은 이 생각을 하려고 하지 않는다. "누구나 열 수 있는 희망의 문"이지만, 마음을 내지 않으면 결코 이 문은 열리지 않는다. 마음을 낸다는 건 무지와 무명에서 벗어나려는 의지를 내보이는 일과 다르지 않다. 벽에 숨은 문을 두드리는 사람만이 문을 열고 밖으로 나올 수 있다. "모든 벽은 문/ 문 없는 벽은 없다."라는 이 시의 결구는 바로 이 지점을 가리키고 있다. 문 없는 벽은 없는데도, 무지에 빠진 사람들은 늘 벽에는 문이 없다고 생각한다. 보이는 것에 현혹되어 보이지 않는 것에 새겨진 진실을 외면한다.

벽 속에 숨은 문은 「바닥」이란 시에서는 '바닥'을 상상하는 마음으로 변주되어 나타난다. 바닥은 틈이고 바탕이고 기회이다. 틈이 없으면 만물이 피어날 수 없고, 바탕이 없으면 만물이 자라날 수가 없다. 바닥은 "음양의 변곡점"이며 "음양이 변신하여 순환하는 곳"이다. 양陽이 양만 고집하고, 음陰이 음만 고집하면 음양은 오행五行으로 거듭날 수 없고, 당연히 만물로 피어날 수 없다. 인용하지 않은 부분에서 시인은 바닥을 "절망과 희망의/ 틈"으로 표현한다. 절망과 희망이 중요한 게 아니라 절망과 희망 사이에 드리워진 '틈'이 중요하다. 틈이 있으면 절망은 희망으로 변하고, 희망은 절망으로 변한다. 틈은 숨을 들이마시고 내쉬는 호흡과 같다. 숨을 쉬지 않는 생명은 있을 수 없으므로 틈이 없는 생명 또한 있을 수 없다. 문과 바닥의 상상력으로 시인은 지금과는 다른 세계로 가는 시의 길을 모색하는 셈이다.

'벽 속의 문'은 한편으로 '길 아닌 길'과 통한다. 「길 아닌 길」에서 시인은 "길 아닌 길이 큰 길이 된다/ 길 아닌 길이 하느님의 길"이라고 이야기한다. 사람들은 길 아닌 길을 두려워한다. 무엇이 나타날지 모르기 때문이다. 하지만 길 아닌 길로 들어서지 않으면 새길은 만들어지지 않는다. 벽 속에 문이 없다고 생각하는 사람이 곧 길 아닌 길로 들어서지 않으려는 사람이 아닐까? 「산다는 건」을 참조한다면, 삶 속에서 새길을 찾는 일은 "속세의 칼바람에 감기드는 일/ 악다구니 속 멍드는 일/ 세파에 멀미 나는 일"과 같다. 감각에 매인 몸이 원하지 않는 새길로 들어서면 당연히 몸살이 날 수밖에 없다. 몸살이 나지 않으면 감각에 젖은 몸은 변하지 않는다. 무지/무명에서 벗어나는 일이 어디 쉬운 일이던가. 죽을 듯이 아픈 이 몸살을 견뎌야 비로소 벽 속에 숨은 문이 보이고, 길 아닌 길이 보인다.

모든 것은 지나간다
어제도, 지금도, 내일도
바람처럼 지나간다

괴로움도 슬픔도 기쁨도
머무는 법 없다

다만 인식할 뿐
―「모든 것은 지나간다」부분

채우고 비우는 건
생명의 속성
존재의 본질

탐욕만 한 빈곤 없고
근검만 한 행복 없다
우리 모두 자연으로
―「무위자연」부분

살아가면서
여기저기 불을 지핀다
어떤 불은 연료가 좋아
완전 연소되지만
어떤 불은 불완전 연소로
그을음 덩어리다
생이란 이런 거다

어쨌든 우리는
한 줌의
재
뿐
―「한 줌의 재」부분

모든 생명은 시간을 산다. 시간을 벗어나 사는 생명은 없다. 시간은 늘 흐른다. 시간을 사는 사물들 또한 늘 변한다. 「모든 것은 지나간다」에 표현된 대로, "괴로움도 슬픔도 기쁨도/ 머무는 법 없다". 여기에 머물지 않는 마음을 우리는 어떻게든 붙잡으려고 한다. 저 너머로 떠난 이를 마음에 품은 채 어떻게 이 세상을 살 수 있을까? 꽃은 피고 지는 일을 반복한다. 핀다고 기뻐하지 않고 진다고 슬퍼하지 않는다. 기쁨과 슬픔이란 꽃을 대하는 인간의 감정일 뿐이다. 괴로움이라고 다르지 않고 두려움이라고 다르지 않다. 시간을 사는 사물에 집착할수록 우리는 시간을 두려워할 수밖에 없다. 정확히 말하면 시간을 두려워하는 사람은 변화를 인정하지 않으려고 한다. 불사不死라는 헛된 꿈에 젖어 자연 이치를 거스르는 인간들을 떠올려 보라. 불사를 향한 꿈은 자연이 아니라 인위人爲와 이어져 있다. 인위를 욕망이라고 말해도 좋다.

자연은 무위無爲를 실천한다. 무위는 아무 일도 하지 않는 게 아니라 무언가에 집착하지 않는 행동을 의미한다. 자연은 꽃을 피우는 일에 연연하지 않는다. 마찬가지로 꽃을 떨어뜨리는 일에도 연연하지 않는다. 자연은 시간을 산다. 흐르는 시간 속에서 이루어지는 사물의 변화를 묵묵히 받아들인다. 평생을 살 돈을 벌었으면서도 여전히 돈을 벌 욕심에 불타는 인간과는 다른 지점을 자연은 바라본다. 「무위자연」에서 시인은 "채우고 비우는 건/ 생명의 속성/ 존재의 본질"이라고 분명히 밝힌다. 자연은 채울 때는 채우고 비울 때는 비울 줄 안다. 이것이 자연이 행하는 무위다. 인위에 매인 인간은 어떨까? 비우는 마음을 팽개치고 오로지 채우는 마음에만 집중한다. 부처가 왜 제법무아諸法無我를 소리 높여 외쳤겠는가? 무아는 아무것도 하지 않음으로써 모든 일을 이루는 모순을 실천한다.

「한 줌의 재」에 표현되듯, 모든 생명은 시간이 흐르면 한 줌의 재로 변한다. 하늘을 찌를 듯이 드높았던 나무라고 다르지 않고, 모든 이들에게 존경을 받던 스님이라고 다르지 않다. 죽음은 생명을 가리지 않는다. 다만 누군가는 그 죽음을 기꺼이 받아들이고, 누군가는 고통스레 죽음을 맞이한다. 우리는 생명은 죽는다는 사실만 안다. 죽음 너머를 모르기에 우리는 죽음을 한없이 두려워한다. 어떻게든 죽음으로부터 도망가려고 한다. 하지만 태어나면 죽는 게 자연 이치다. 자연 속에서 태어난 인간이 자연 이치를 벗어날 수는 없다. 태어남이 자연이듯, 죽음 또한 자연이라고 말하면 어떨까? 시인은 이 속에서 생生의 의미를 발견한다. 자연 이치를 거스를수록 인간은 그만큼 고통을 당할 수밖에 없다. 생은 "한 줌의 재"에 이르는 어떤 도정을 가리킨다. 다만 사람마다 그 길을 대하는 마음이 다를 뿐이다.

전체 5부로 구성된 이 시집『오상五常』의 소제목에 시인은 인의예지신仁義禮智信, 오상五常을 덧붙이고 있다. 인간의 윤리를 표현한 오상은 자연 이치를 표현한 오행五行과 밀접하게 연관되어 있다. 인仁은 오행 상으로 목木과 통하고, 예禮는 오행 상으로 화火와 통한다. 신信은 토土와 통하고, 의義는 금金과 통하며, 지智는 수水와 통한다. 오행의 자연 이치가 오상의 인간 윤리를 낳는 원형으로 작용한 셈이다. 홍영택이 공부하는 시詩는 어찌 보면, 오행과 오상이 만나는 어떤 지점에서 뻗어 나오는지도 모른다. 자연 이치를 탐구하는 일만으로 시작詩作이 이루어질 수 없다. 시작이란 자연 이치를 인간의 언어로 표현하는 작업이기 때문이다. 시인은 언어로 인간이 실천해야 할 윤리를 표현한다.

시인의 윤리는 사회도덕을 넘어 자연 이치를 향한다. 인간의 시선에 한정된 사회도덕으로 어떻게 사물 너머를 들여다보려는 시심詩心을 드러낼 수 있을까? 옥타비오 파스의 말마따나, 시인은 늘 벼랑 위에 선 심정으로 시를 쓴다. 한 발을 더 내디디면 벼랑 아래로 떨어지는 이 상황을 온몸으로 견뎌야 시인은 비로소 사물 너머로 가는 길을 엿볼 수 있다. '치명적 도약'이라는 말에 드리워진 의미를 가만히 음미해 보라. 시를 쓰며 자연 이치를 공부하는 홍영택의 시학詩學에는 사물 속에서 새로운 시의 길을 발견하려는 의욕이 넘쳐난다. 일상을 보는 눈으로는 자연에 서린 이치를 탐구하기 힘들다. 시인은 보이는 것 너머에서 빛나는 보이지 않는 것에 주목한다. 사회도덕에 매인 눈으로는 보이지 않는 사물이 내보이는 진실에 다가갈 수 없다.

시를 공부하는 마음은 이리 보면 사물이 깊이깊이 숨긴 진실을 찾으려는 마음과 긴밀하게 이어져 있다. 사물을 제대로 보려는 사람의 눈에만 진실이 보이는 법이다. 자기를 중심에 세우려는 사람의 눈으로는 결코 사물의 진실에 이를 수 없다고 돌려서 말해도 된다. 부처는 마음이 현실을 만들어낸다고 했다. 빨간 안경을 쓰면 빨간 세계가 보이고, 검은 안경을 쓰면 검은 세계가 보인다. 안경을 벗으면 본래 세계가 보이는데도 사람들은 안경을 벗으려고 하지 않는다. 안경을 벗는 게 한없이 두렵기 때문이다. 홍영택에게 시 공부란 색칠된 안경을 벗는 일과 다르지 않다. 두려움을 저 멀리 내치는 마음수련이라고 말해도 좋겠다. 마음을 내려놓으면 보이지 않던 세계가 드디어 보이기 시작한다. 보이지 않는 사물로 다가가는 시학은 바로 이 지점에서 비로소 펼쳐지는 것이다.

홍영택

홍영택 시인은 해방둥이로 태어나 보릿고개에서 자랐다. 건설현장에서 막 노동하며 기술을 배우고, 해외 건설현장에서 청춘을 보냈다. 귀국 후 정유공장에서 퇴임하고, 만학에 심취되어 첫 저서인 산문집 『못다 핀 인동초 꽃』을 출간했다.

홍영택 시인의 첫 시집인 『오상五常』은 전체 5부로 구성되어 있으며, 이 시집에 인의예지신仁義禮智信, 오상五常을 덧붙이고 있다. 인간의 윤리를 표현한 오상은 자연 이치를 표현한 오행五行과 밀접하게 연관되어 있고, 시인은 언어로 실천해야 할 윤리를 표현한다. "책은 감정이 없으면서/ 내게 감동을 준다/ 책은 말이 없으면서/ 내게 이야기한다." "책을 좋아하는 사람은/ 사랑을 아는 사람// 헌책은 옛 애인/ 새 책은 새 애인"(『책』)이라는 '만학의 즐거움' 처럼ㅡ.

이메일 hygtk@naver.com

홍영택 시집

오상五常

발 행	2023년 4월 30일
지 은 이	홍영택
펴 낸 이	반송림
편집디자인	반송림
펴 낸 곳	도서출판 지혜, 계간시전문지 애지
기획위원	반경환 이형권
주 소	34624 대전광역시 동구 태전로 57, 2층 도서출판 지혜
전 화	042-625-1140
팩 스	042-627-1140
전자우편	eji@ji-hye.com
	ejisarang@hanmail.net
애지카페	cafe.daum.net/ejiliterature

ISBN   979-11-5728-503-7 03810
값   10,000원